Witzebuch

für Kinder ab 6

Die mit Abstand lustigsten Witze & Scherzfragen

Für Erstleser: Lesen lernen mit Spaß

Witzebuch für Kinder ab 6:
Die mit Abstand lustigsten Witze und Scherzfragen für Erstleser:
Lesen lernen mit Spaß

Inhaltsverzeichnis

Vorwort

Liebe Witzeliebhaberin,
Lieber Witzeliebhaber,

herzlich willkommen in diesem Buch!

Ich wünsche Dir ganz viel Spaß mit den

unterschiedlichsten Witzen und Scherzfragen!

Ab und an gibt es auch ein Quiz zu lösen!

Die Lösungen dazu findest Du auf Seite 128.

Wenn Du Lust hast, dann kannst Du auch gerne die

Zeichnungen in kunterbunten Farben ausmalen.

Deine Anna Herzmaier

Tierwitze

Zwei Hühner unterhalten sich während des Eierlegens. Sagt die eine: „Oh wow! Wie schaffst du das herzförmige Eier zu legen?" Ganz verlegen antwortet das andere Huhn: „Ich bin verliebt!"

Eine kleine Mücke kommt von ihrem ersten Flug zurück. Die Mückenmama fragt: „Na meine Kleine, wie wars?" „Mama, es war viel besser als erwartet! Egal wo ich hingeflogen bin, alle Menschen haben geklatscht!"

Quiz

Warum haben die Menschen geklatscht, als sie die Mücke gesehen haben?

1. Die Menschen waren von den Flugkünsten der Mücke so begeistert.

2. Die Menschen wollten nicht von der Mücke gestochen werden.

Zwei Vögel sitzen auf einem Ast und schauen in die Luft.
Plötzlich rast ein Düsenjet über sie hinweg.
Sagt der eine Vogel: „Wahnsinn wie schnell der ist!"
Darauf der andere: „Kein Wunder, wenn der Hintern
so dermaßen brennt!"

Treffen sich zwei Hunde, sagt der eine: „Wuff!"
Sagt der andere: „Hey! Kannst du Gedanken lesen?"

Schneckenmama: „Kinder, ich gehe einkaufen.
Soll ich euch etwas mitbringen?" Kinder: „Ja Schokolade!"
Drei Wochen später kommt die Schneckenmama und
fragt: „Vollmilch oder Zartbitter?"

Quiz

Was passiert, wenn der Hase den Schneemann föhnen würde?

1. Der Schneemann würde sich sehr freuen und richtig wohlfühlen, weil ihm nicht mehr kalt sein würde.

2. Der Schneemann würde sehr schnell schmelzen und dann nicht mehr da sein.

Der Bauer stellt seinen Rasenmäher bei der Weide ab und geht in die Mittagspause. Neugierig nähert sich ein Lamm dem Rasenmäher und sagt: „Mäh!" Daraufhin der Rasenmäher: „Du hast mir gar nichts zu sagen!"

Bei der Polizei klingelt das Telefon:
„Hilfe! Hilfe! Kommen Sie sofort zu mir!
Es geht um Leben und Tod!
Hier ist eine Katze im Zimmer!"
Der Polizist: „Wer ist denn überhaupt am Telefon?"
„Der Papagei!"

Zwei Igel laufen eine Straße entlang. Nach einer Zeit sagt der eine: „Geh zur Seite, ein Bus kommt." Der andere: „Nein, wir bleiben! Dem lassen wir die Luft raus!"

Quiz

Wie möchte der Igel die Luft aus den Reifen herauslassen?

1. **Indem der Igel an den Reifen knabbert.**

2. **Indem der Igel mit seinen spitzen Stacheln gegen die Reifen pikst.**

Zwei Schlangen schlängeln durch den Urwald.
Plötzlich fragt die eine Schlange:
„Du sag mal, sind wir eigentlich Giftschlangen?"
Die andere Schlange:
„Ja! Wir sind sogar sehr giftig!"
„Oh nein! Dann wars das wohl!
Ich hab mir auf die Zunge gebissen!"

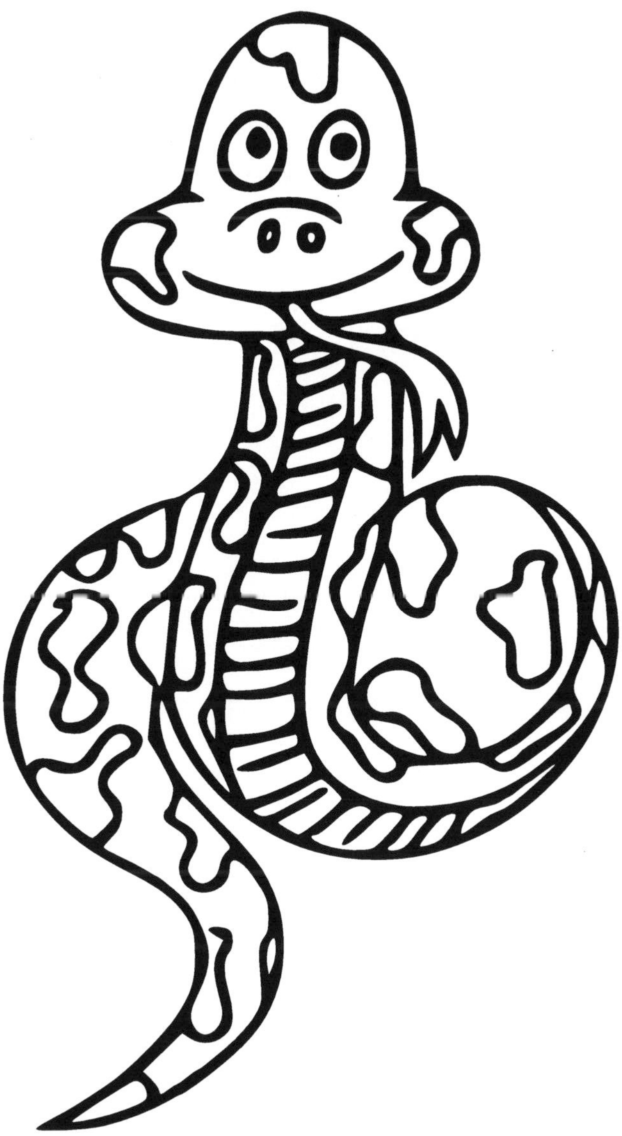

Laufen eine Ameise und ein Elefant durch die Wüste. Auf einmal tritt der Elefant aus Versehen auf die Ameise. Der Elefant hebt sofort seinen Fuß und entschuldigt sich bei der Ameise. Die Ameise: „Kein Problem, hätte mir ja auch passieren können!"

Sagt der Pinguin zum Fotografen: „Machen Sie bitte ein farbiges Foto von mir, mit so richtig knalligen Farben!"

Quiz

Welche Farben hat ein Pinguin?

1. Hauptsächlich schwarz, grau, weiß und ein bisschen gelb und orange.

2. Hauptsächlich blau, lila und ein bisschen rosa und grün.

Ein Elefant und ein Erdmännchen gehen zu einem See. Der Elefant geht sofort ins Wasser und genießt es. Das Erdmännchen hingegen steht immer noch am Ufer und kramt in seiner Tasche. Kurz darauf ruft es: „Elefant! Komm mal bitte kurz aus dem Wasser!" Langsam geht der Elefant aus dem See und fragt das Erdmännchen: „Was ist denn los?"
„Ach, hat sich erledigt! Ich wollte nur kurz schauen, ob du vielleicht meine Badehose anhast!"

Zwei Frösche treffen sich. Ein Frosch hat überall Heftpflaster und Verbände. Da fragt der eine Frosch: „Sag mal, was ist denn mit dir passiert?"
Daraufhin sagt der andere:
„Ich habe unwissentlich einen Knallfrosch geküsst!"

Kühe unterhalten sich auf der Weide:
„Weißt du, warum Emma in letzter Zeit immer dünner wird?" „Ja, sie hat von einer neuen Diät gelesen! Sie frisst nur noch vierblättrige Kleeblätter!"

Zwei Faultiere chillen auf einem Baum.
Nach einem Monat gähnt ein Faultier. Da sagt das andere:
„Mensch, du machst mich ganz nervös!"

Quiz

Wie kann man sich Faultiere vorstellen?

1. Faultiere sind die schnellsten Tiere, die es auf der Welt gibt.

2. Faultiere sind eher sehr sehr langsam und entspannt.

Zwei Fische treffen sich im Meer.
Sagt der eine: „Hai!" Der andere Fisch schaut sich nervös um und fragt: „Wo??"

Zwei Frösche sonnen sich am See. Auf einmal fängt es zu tröpfeln an. Sagt der eine Frosch zum anderen: „Komm lass uns ins Wasser hüpfen, bevor wir noch nass werden."

Fragt ein Hund einen anderen Hund: „Magst du Kinder?"
Sagt der andere: „Naja, wenn ich ehrlich bin, dann mag ich Hundefutter viel lieber!"

Sagt ein Kunde in einer Zoohandlung:
„Vor einer Woche habe ich einen Papagei von Ihnen gekauft. Ich möchte ihn gerne zurückgeben!"
Verkäufer: „Warum denn das?"
Kunde: „Er erzählt ständig Witze!"
Verkäufer: „Na das ist doch lustig!" Kunde:
„Nicht, wenn er nur drei unterschiedliche Witze kann!"

Quiz

Können Papageien sprechen?

1. Ja, Papageien können sprechen, wenn sie wollen. Manchmal erzählen sie auch sehr lustige Sachen.

2. Nein, Papageien können nicht sprechen.

Treffen sich zwei Pferde. Ein Pferd ist ganz dünn und das andere hingegen ist ganz dick. Sagt das dicke Pferd: „Wenn man dich anschaut, könnte man denken, dass eine Hungersnot ausgebrochen ist!"
Das dünne Pferd:
„Und wenn ich dich anschaue, dann könnte man denken, dass du der Grund dafür bist!"

Zwei Fische unterhalten sich. Fragt der eine den anderen: „Du, darf ich mir mal deinen Kamm ausleihen?"
„Vergiss es! Du hast Schuppen!"

Zwei Eulen beobachten eine Spinne, als sie mühsam ihr Netz spinnt. Fragt die eine Eule die andere: „Was macht denn die Spinne?" „Keine Ahnung! Aber wenn du mich fragst, die spinnt!"

Elefant und Maus gehen spazieren. Sie kommen zu einer alten Hängebrücke, die nicht mehr sehr stabil aussieht. Sagt die Maus: „Elefant! Du wartest hier! Ich werde die Brücke für uns testen. Wenn ich es bis zur anderen Seite schaffe, dann kannst auch du nachkommen!"

Quiz

Kann der Elefant die Hängebrücke problemlos überqueren, wenn die Maus die Brücke überqueren konnte?

1. Ja, weil eine Maus und ein Elefant nahezu gleich schwer sind.

2. Kann man nicht wissen, denn der Elefant ist viel schwerer als die Maus und es hängt von dem Zustand der Hängebrücke ab.

Ein Igel zu einem Vogel: „Ich werde mich von meiner Frau trennen!" „Warum?" „Immer beginnt sie zu sticheln!"

Ein kurzsichtiges Schweinchen kommt an
einer Steckdose vorbei und fragt: „Ohje,
warum haben sie dich denn eingemauert?"

Zwei Tausendfüßlermänner unterhalten sich:
„Du, was ist denn mit deiner Frau los? Ist sie betrunken?
Sie wackelt heute so?"
„Hahaha nein! Sie ist nicht betrunken!
Sie wollte unbedingt mal wieder ihre High Heels tragen!"

<u>Quiz</u>

Was sind High Heels?

1. Sehr hohe Damenschuhe

2. Ohrringe

Zwei Schnecken sind verabredet. Eine Schnecke hat ein dickes, blaues Auge. Fragt die eine Schnecke: „Was hast du denn angestellt?" „Gestern war ich auf dem Weg nach Hause und auf einmal schoss ein neuer Baum aus dem Boden!"

Zwei Biber sitzen im Kino und futtern Popcorn, bis der Film beginnt. Da kommt ein Nilpferd mit einem großen Hut und setzt sich vor die Biber. Da sagen die Biber: „Hey Nilpferd, setz doch bitte deinen großen Hut ab, sonst sehen wir ja gar nichts!" Dreht sich das Nilpferd um und sagt: „Biber im Kino? Ich glaub, ich träume!"

Zwei Pferde spielen im Regen Fußball. Irgendwann kommt ein Mann vorbei und fragt verwundert: „Pferde, warum geht ihr nicht rein und spielt Basketball? Es regnet doch fürchterlich!"
Sagen die Pferde: „Bist du verrückt?
Hast du schon mal Pferde gesehen, die Basketball spielen?"

Eine Schneckenbande überfällt eine Schildkröte.
Die Polizei fragt die Schildkröte:
„Können Sie uns beschreiben, was passiert ist?"
Sagt die Schildkröte: „Tut mir wirklich leid,
aber das ging einfach alles so schnell!"

Quiz

Was haben Schildkröten auf ihrem Rücken?

1. Einen Panzer

2. Ein Zelt

Ein Frosch kommt in den Supermarkt.
Die Verkäuferin fragt ihn: „Hallo, was darf es für Sie sein?" Darauf sagt der Frosch: „Quak!

Zwei Mäuse treffen auf einen Elefanten.
Die Mäuse fragen: „Hey Elefant! Wollen wir kämpfen?"
Elefant: „Also zwei gegen einen ist wirklich unfair!"

Zwei Hennen stehen vor einem Schaufenster und bewundern die unterschiedlichsten Eierbecher.
Sagt die eine Henne:
„Unglaublich, wie viele Kinderwagen es zu kaufen gibt!"

Ganz kleine Mäusekinder gehen abends spazieren.
Auf einmal sehen sie eine Fledermaus. Da sagt die Maus:
„Wenn ich groß bin, dann möchte ich auch Pilot werden!"

Ein kleines Glühwürmchen kommt
von der Schule nach Hause und weint.
Die Mutter fragt: „Mein Schatz, was ist denn los?"
Das kleine Glühwürmchen: „Mein Mathelehrer hat heute gesagt, dass ich niemals eine richtige Leuchte werde!"

Quiz

Was bedeutet es eine „Leuchte" zu sein?

1. Man kann den Kopf in eine Laterne verwandeln und ganz hell leuchten.

2. Man hat sehr viel Wissen und ist ein Genie.

Ein Nashorn, ein Vogel und ein Tausendfüßler verabreden
sich bei dem Vogel zum Mittagessen.
Das Nashorn kommt, wie abgemacht, um 13 Uhr.
Der Tausendfüßler kommt erst um 16 Uhr.
Der Vogel fragt: „Tausendfüßler, warum kommst du erst
jetzt?" „Du hättest mir auch früher sagen können,
dass vor deiner Tür – bitte die Füße abstreifen – steht."

Zwei Mücken machen mit dem Motorrad eine Spritztour.
Die eine Mücke setzt sich eine Sonnenbrille auf.
Ganz erstaunt fragt die andere Mücke: „Warum setzt du eine
Sonnenbrille auf? Die Sonne scheint doch gar nicht!"
Da sagt die andere Mücke:
„Das stimmt! Aber das ganze Ungeziefer nervt mich so!
Ich will nicht, dass mir etwas ins Auge fliegt!"

Eine Mäusefamilie macht einen Ausflug. Plötzlich werden sie von einer Katze gejagt. Irgendwann dreht sich der Mäusevater mutig um und ruft: „Wau! Wau!"
Sofort ändert die Katze ihre Richtung und läuft davon.
Der Mäusevater sagt zu seinen Kindern: „Seht ihr jetzt, wie wichtig es ist andere Fremdsprachen zu können?"

Eine Spinne ruft bei der Polizei an und sagt:
„Ich habe den Faden verloren!"

Quiz

Wie viele Beine hat eine Spinne?

1. Eine Spinne hat 6 Beine.

2. Eine Spinne hat 8 Beine.

Das ist mein Lieblingstierwitz

Jägerwitze

Du bist ja ein richtig toller Jäger! Zuerst triffst du deinen Jagdhund, dann triffst du die Ziege des Nachbarn und dann auch noch deinen freundlichen Jagdkollegen!
Aber zumindest heißt der Mann 'Hirsch'!

Es ist Jagdzeit und ein Jäger kommt im Seemannsoutfit.
Ein anderer Jäger fragt:
„Was ist denn mit dir los?
Warum hast du diese Verkleidung an?"
„Das habe ich mir alles wohl überlegt!
Das ist eine sehr kluge Taktik!
Die Rehe sollen glauben, dass ich zum Segeln gehe!"

„Stell dir vor, ich habe 12 Gänse geschossen!",
sagt der eine Jäger zum anderen.
„Wilde Gänse?" „Nein, wild waren sie nicht.
Aber der Herr, dem sie gehört haben!"

„Warum sind Sie jetzt Gemüsehändler? Vorher waren Sie doch Jäger?" „Ich hatte keine Lust mehr immer und immer wieder mit einem Wildschwein oder einem Hirschen verwechselt zu werden. Durch diese Verwechslung wurde ich schon ein paar Mal angeschossen! Jetzt ist es viel entspannter, denn mit einem Brokkoli oder einem Blumenkohl wurde ich bisher noch nicht verwechselt!"

Sagt der eine Jäger zum anderen:
„Ich habe wirklich einen sehr seltsamen Hund!
Immer wenn ich schieße und nicht treffe,
dann wirft er sich auf den Boden und lacht wie wild!"
„Und wenn du triffst?"
„Woher soll ich das wissen?
Ich habe den Hund erst seit zwei Jahren!"

Zu Beginn war die Berufskleidung der Jäger weiß!
Aber für jeden missglückten Schuss gibt es einen grünen Farbklecks auf die Kleidung!

Quiz

Welche Farbe hat die Arbeitskleidung der Jäger?

1. Orange

2. Dunkelgrün

Das ist mein Lieblingsjägerwitz

Patientenwitze

Eine Uhr geht zu einem Arzt und sagt:
„Herr Doktor, irgendwas stimmt mit mir nicht!"
Der Arzt untersucht die Uhr und sagt: „Ja, da haben Sie Recht! Die Batterie ist so gut wie leer!"

Arzt: „Herr Huber, haben Sie keine Angst!
Wir haben diese Operation schon 50 Mal gemacht!
Dieses Mal sollte aber nun endlich alles klappen!"

Arzt genervt: „Warum kommen Sie erst jetzt zu mir?
Die Sprechstunde ist schon längst vorbei!
Die Öffnungszeiten können Sie doch draußen auf dem Eingangsschild lesen!" Patient: „Entschuldigen Sie, doch mein Hund hat mich nicht früher gebissen!"

Arzthelferin: „Herr Doktor! Warum unterschreiben Sie das Rezept mit dem Fieberthermometer?"
Doktor: „Oh, dann steckt mein Kugelschreiber wohl noch in Herrn Huber!"

Patient: „Herr Doktor! Ich wurde von einer Biene gestochen!" Arzt: „Haben Sie gleich eine Salbe drauf?"
Patient: „Nein, die Biene war so schnell, das hab ich nicht geschafft!"

Frau Meier geht zum Arzt.
Nachdem der Arzt sie untersucht hat sagt er: „Frau Meier, ich habe Ihnen jetzt ein Rezept aufgeschrieben!"
Frau Meier: „Oh, das ist wirklich toll!
Ich wusste gar nicht, dass Sie auch so gerne kochen!"

Ein alter Mann geht zum Arzt und jammert: „Herr Doktor, wenn ich auf mein Knie drücke, dann schmerz es! Wenn ich auf meinen Bauch drücke, dann schmerzt es! Wenn ich auf meinen Kopf drücke, dann schmerzt es. Bitte helfen Sie mir! Was kann das nur sein?"

Arzt: „Eindeutig! Ihr Finger ist gebrochen!"

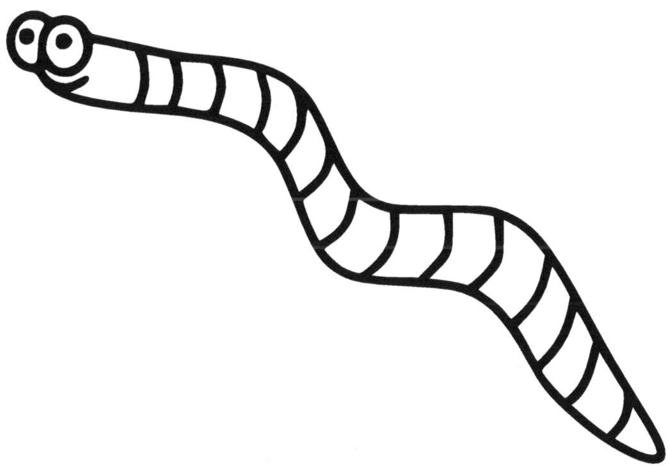

Eine Frau geht zum Ohrenarzt und klagt über grausame Ohrenschmerzen. Zudem würde sie in ihrem Kopf immer „Tatü - Tata" hören. Der Arzt steckt einen Wurm in das Ohr der Patientin. Patientin „Was nutzt das denn?" Arzt: „Wenn der Wurm aus dem anderen Ohr wieder herauskommt, dann ist bei Ihnen alles in Ordnung!" Patientin: „Ok und was ist, wenn der Wurm nicht mehr kommt?" Arzt: „Tja, wenn das der Fall sein sollte, dann haben Sie wohl einen Vogel!"

Arzt: „Hat man auf Ihre gebrochene Nase gleich kalte Umschläge gelegt?"
Patient: „Nein, es wurden nur blöde Witze gemacht!"

Sagt der Tierarzt zur Hundebesitzerin: „Sie müssen aber wirklich eine sehr sehr kleine Wohnung haben!"
Hundebesitzerin: „Woher wissen Sie das?"
Tierarzt: „Naja, normalerweise wackelt der Schwanz eines Hundes von links nach rechts und der Schwanz Ihres Hundes wackelt von oben nach unten!"

Eine Uhr beim Doktor:
„Herr Doktor, ich fühle mich so durcheinander!"
Doktor: „Du tickst doch nicht mehr richtig!"

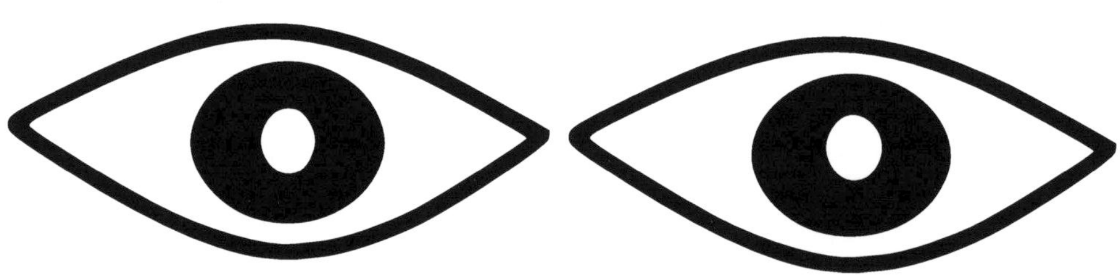

Patient zum Arzt: „Ich sehe alles doppelt! Helfen Sie mir!" Arzt: „Machen Sie einfach ein Auge zu!"

Herr Meier: „Herr Doktor, mein Hund hat mich gebissen!"
Arzt: „Oh! Haben Sie etwas drauf getan?" Herr Meier:
„Nein! Meinem Hund hat es auch so geschmeckt!"

Detlef beim Augenarzt: „Ich brauche eine neue Brille!"
Augenarzt: „Weitsichtig oder kurzsichtig?"
Detlef: „Mir völlig egal, aber durchsichtig soll sie sein!"

Patient: „Ich bin vom Dachboden gefallen!"
Arzt: „Hoch?"
Patient: „Sie Witzbold! Natürlich nach unten!"

Arzt zum Patienten: „Was fehlt Ihnen denn?"
Patient: „Was mir fehlt? Bin ich der Arzt oder Sie?"

Eine Dame geht zum Arzt und sagt: „Herr Doktor, immer wenn ich Tee trinke, dann bekomme ich sehr heftige Schmerzen im rechten Auge! Was könnte das sein?" Der Arzt überlegt sehr lange und sagt nach einer Weile: „Nehmen Sie das nächste Mal den Löffel aus der Tasse, wenn Sie Ihren Tee trinken!"

Max hat sich die Hand gebrochen. Als er wieder beim Arzt ist, fragt er: „Wenn ich den Gips wieder los bin, kann ich dann Gitarre spielen?" Arzt: „Ja, natürlich kannst du danach wieder Musizieren!" Max: „Sie sind ein Zauberer! Denn vorher konnte ich es nicht!"

„Herr Doktor, mein Mann denkt, dass er ein Düsenjet sei!" „Schicken Sie Ihn zu mir!" „Mach ich! Wo soll er landen?

Das ist mein Lieblingspatientenwitz

Schul - und Lehrerwitze

Tina fragt ihre Lehrerin:
„Was haben wir heute eigentlich gelernt?"
Lehrerin: „Was für eine blöde Frage!"
Tina: „Sie sagen es! Aber meine Eltern
fragen auch immer so blöd!"

Hans kommt ganz aufgeregt eine halbe Stunde zu spät in die Schule: „Herr Lehrer! Herr Lehrer! Ich bin überfallen worden!" Lehrer: „Oh nein! Was wurde dir denn geklaut?" Hans: „Zum Glück nur meine Schulsachen!"

Lehrer: „Wolfgang, zu welcher Familie gehört der Haifisch?" Wolfgang: „Entschuldigen Sie Herr Lehrer, aber ich kenne keine Familie, die einen Haifisch hat!"

Lehrer: „Jonas, welche Sinne kennst du?"
Jonas: „Blödsinn, Schwachsinn und Unsinn!"

An der Tafel steht 3:3. Der Lehrer fragt: „Was heißt das?"
Tom: „Herr Lehrer, das ist doch eindeutig! Unentschieden!"

Lehrerin: „Hier seht ihr eine Amsel und einen Spatz!
Sagt mir bitte welcher von beiden die Amsel ist."
Schüler: „Frau Lehrerin, die Amsel ist der Vogel
neben dem Spatz!"

Quiz

Was ist ein Spatz?

1. Ein Vogel

2. Ein Eichkätzchen

Die Lehrerin hält ein braunes und ein weißes Ei in die Luft und fragt: „Was ist der Unterschied?"
Klara: „Das braune Ei war sehr lange im Urlaub!"

Religionslehrer fragt:
„Leo, wird bei euch daheim gebetet?"
Leo: „Ja, im Herbst beten wir!"
Religionslehrer: „Warum nur im Herbst?"
„Weil wir da Papas gesammelte Pilze essen!"

Quiz

Sollte man alle Pilze essen?

1. Ja, natürlich sollte man alle Pilze essen!

2. Nein, auf keinen Fall sollte man alle Pilze essen! Man darf nur die Pilze essen, die nicht giftig sind.

Sportlehrer: „Anton, kannst du Schwimmen?"
Anton: „Ja." Lehrer: „Wo hast du das gelernt?"
Anton: „Im Wasser! Wo sonst?"

Sascha schnipst während des Deutschunterrichts dauernd mit den Fingern. Irgendwann sagt die Lehrerin: „Sascha, wir haben hier Deutsch- und nicht Musikunterricht!" Sascha: „Frau Lehrerin, das ist mir bewusst! Aber dieser ekelige Popel will einfach nicht von meinem Finger verschwinden!"

Paulchen fragt ängstlich seinen Lehrer:
„Herr Lehrer, kann man für etwas bestraft werden, das man gar nicht gemacht hat?"
Lehrer: „Aber nein, natürlich nicht!"
Paulchen: „Puh, dann bin ich ja beruhigt!
Denn ich habe meine Hausaufgaben nicht gemacht."

Der Lehrer hat die korrigierte Klassenarbeit mit dabei.
Er legt die guten Arbeiten auf einen Stapel und für die schlechten Arbeiten macht er einen extra Stapel.
Danach sagt er: „Ich habe hier nun zwei Haufen gemacht!"
Die ganze Klasse beginnt zu lachen und bekommt sich nicht mehr ein. Da sagt der Lehrer:
„Wenn ihr nicht sofort zu lachen aufhört, dann setze ich auch einen vor die Tür!"

An der Tafel steht das Wort „Magie". Die Lehrerin fragt:
„Wer von euch kann mir sagen, was Magie bedeutet?"
Die Schüler schweigen. Irgendwann meldet sich ein Schüler: „Wir geben das immer in die Suppe!"

Quiz

Was ist Magie?

1. Zauberei

2. Etwas, das man zu der Suppe dazu isst.

Lehrer: „Wie heißt die Mehrzahl von Sandkorn?"
Schüler: „Wüste."

Quiz

Wie heißt die Mehrzahl von Sandkorn?

1. Sandkorne

2. Sandkörner

Lehrer: „Was macht man, wenn ein Gewitter kommt?"
Schüler: „Man legt sich sofort auf den Boden!"
Lehrer: „Warum sollte man das machen?"
Schüler: „Damit der Blitz denkt, dass man schon tot sei."

Im Religionsunterricht wird der Weltuntergang beschrieben: „Die Dächer werden vom Sturm heruntergerissen, es wird heftige Überschwemmungen geben und Blitz und Donner werden ihr übriges tun!"
Schüler: „Herr Lehrer, bei dem Dreckswetter werden wir aber keine Schule haben, oder?"

„Laura, ich habe gehört, du hast einen kleinen Bruder bekommen. Wie heißt er denn?"
„Keine Ahnung, Frau Lehrerin, wir verstehen ihn einfach nicht. Er spricht so undeutlich!"

Lehrer: „Mensch Hannes, du hast über die Ferien richtig dicke Backen bekommen! Habt ihr so gut gespeist?"
Hannes: „Nein, ich musste immer für alle die Luftmatratzen und Schwimmreifen aufpusten!"

Lehrer: „Ein Hochhaus hat 7 Stockwerke. Zwischen den Stockwerken liegen je 18 Stufen. Wie viele Stufen muss man steigen bis man ganz oben ankommt?" Schüler: „Alle!"

Der Direktor fragt seine Schüler: „Wie stellt ihr euch die beste Schule vor?" Alle Schüler: „Geschlossen!"

Lehrerin: „Wer weiß die Mehrzahl von Baum?"
Schüler: „Wald!"

Quiz

Wie heißt die Mehrzahl von Baum?

1. Bäume

2. Baumen

Lehrer: „Wer von euch denkt, dass er doof ist, der stehe jetzt auf!" Der Klassenstreber steht auf. Ganz verwundert fragt der Lehrer: „Glaubst du wirklich, dass du doof bist?" „Nein, das glaube ich nicht, aber ich wollte Sie nicht alleine stehen lassen!"

Der Kochlehrer fragt Susi: „Hast du den Fisch auch gut gewaschen?" Susi: „Warum sollte ich? War doch sein ganzes Leben lang im Wasser?"

Lehrer: „Wer kann mir den Namen einer Sage nennen?" Luisa: „Wettervorhersage!"

Lehrerin fragt Bella im Englischunterricht:
„Kannst du mir sagen, was 9 auf Englisch heißt?"
Bella leise: „Nein!" Lehrerin: „Super, Bella!"

9

Quiz

Wie schreibt man die Zahl 9 auf Englisch?

1. nine

2. nein

Lehrerin: „Na Tina, wie waren deine Ferien?"
Tina: „Wunderschön!" Gleich darauf fügt sie noch hinzu:
„Aber kaum etwas unternommen, darüber lässt sich auf keinen Fall ein Aufsatz schreiben!"

Lehrerin: „Klaus, ich habe doch gestern gesagt: Alles, was man anfassen kann schreibt man groß! Warum schreibst du Tiger dann mit einem kleinen „t"?" Klaus: „Frau Lehrerin, einen Tiger kann man nicht anfassen!"

„Simon, wenn ich sage: Ich aß zu Mittag, was ist das dann für eine Zeit?" Simon: „Ist doch klar! Mittagszeit!"

Die Lehrerin erklärt etwas. Bald ruft ein Schüler: „Frau Lehrerin, sprechen Sie doch lauter!" Lehrerin: „Oh, Entschuldigung! Ich dachte, es hört sowieso niemand zu!"

Lehrer: „Thomas, du bist 20 Minuten zu spät!" Thomas: „Ja und? Habt ihr ausnahmsweise etwas Besonderes gemacht?"

Lehrerin: „Susanne, wie nennt man jemanden, der etwas klaut?" Susanne: „Hmm, fällt mir nicht ein." Lehrerin: „Denk weiter nach! Stell dir vor, ich stecke meine Hand in deine Schultasche und ziehe 10 Euro heraus. Was bin ich dann?" Susanne: „Eine Zauberin!"

Lehrer: „Elias, hast du deine Hausaufgaben gemacht?" Elias: „Nein!" Lehrer: „Dann werde ich mal mit deiner Mutter sprechen müssen!" Elias: „Das bringt auch nichts, denn sie wird sie auch nicht erledigen!"

Lehrer: „Heute wird es eine Sonnenfinsternis geben, die solltet ihr euch unbedingt anschauen!" Schüler: „Auf welchem Programm kommt die denn?"

Eine Schulklasse macht am Wandertag eine Pause am
See. In dem See schwimmen ein paar Schwäne.
Die Lehrerin fragt: „Wer von euch hätte auch gerne so
einen langen Hals?" Luis: „Ich, Frau Lehrerin!
Das würde die Schulaufgaben erleichtern!"

Vogel-käfig

Lehrerin: „Warum schreibst du Vogelkäfig mit
einem Bindestrich?"
Schüler: „Wo kann sich der Vogel denn sonst hinsetzen?"

Lehrer: „Schreibt bitte einen Aufsatz mit dem Thema:
„Wenn ich ein Millionär wäre, dann würde ich".
Sofort beginnen alle Schüler, bis auf Max,
ihren Aufsatz zu schreiben. Lehrer zu Max:
„Willst du nicht auch beginnen?"
Max: „Den Aufsatz überlasse ich meiner Sekretärin!"

Nina flüstert Sabine im Unterricht ins Ohr:
„Mensch, die neue Lehrerin ist ja ganz schön doof, oder?"
Lehrerin: „Nina, sei leise! Sabine weiß das bestimmt selbst!"

Lehrer: „Heute werden wir mit Laptops rechnen!"
Die ganze Klasse freut sich und applaudiert.
„Super, dass ihr euch darauf so sehr freut!
Also, wie viel sind 17 Laptops minus 6 Laptops?"

Lehrerin: „Nehmen wir an, Oma hat 9 Äpfel und möchte sie an ihre 5 Kinder verteilen. Wie macht sie das?"
Schülerin: „Na, sie macht einen Apfelkuchen!"

Lehrer zu Leo: „Stell dir vor, du hast sieben Münzen in deiner Jackentasche und drei fallen dir heraus. Was hast du dann in deiner Jackentasche?" Leo: „Ein Loch!"

Der Deutschlehrer fragt Anita: „Welcher Fall ist es, wenn du sagst: Das Lernen bereitet mir ganz viel Freude!" Anita: „Ganz ehrlich? Ein sehr seltsamer Fall!"

Lehrer: „Marie, wie kommt es, dass du bei deinen Hausaufgaben in letzter Zeit gar keine Rechtschreibfehler mehr hast?" Marie: „Meine Mama ist im Urlaub!"

Lehrer: „Wie viele Inseln hat Griechenland und wie heißen sie?" Schüler: „Griechenland hat ganz viele Inseln und ich heiße Georg!"

Der Lehrer erklärt: „Alle Wörter, die mit „un-„ anfangen bedeuten nichts Gutes! Zum Beispiel Unfrieden oder ungemütlich. Wer kann mir noch ein Beispiel nennen?"
Schüler: „Mir fällt eins ein: Unterricht!"

Lehrer: „Was ist Wind?"
Schüler: „Luft, die ganz dringend wo hin muss!"

Lehrer: „Du hast 7 Karotten, 3 nehme ich dir weg. Was macht das?"
Schüler: „Ich freu mich, denn ich mag keine Karotten!"

Mathelehrer in der ersten Klasse: „Stellen wir uns vor, ich lege hier 4 Eier hin, nehme danach zwei weg und lege dann noch 5 Eier dazu. Wie viele Eier haben wir dann?"
Sonja ganz erstaunt:
„Herr Lehrer, können Sie wirklich Eier legen?"

„Susanne, wie kann es sein, dass du in der Schularbeit die gleichen 5 Fehler wie deine Tischnachbarin hast?"
Susanne: „Ist doch ganz klar!
Wir haben dieselbe Lehrerin!"

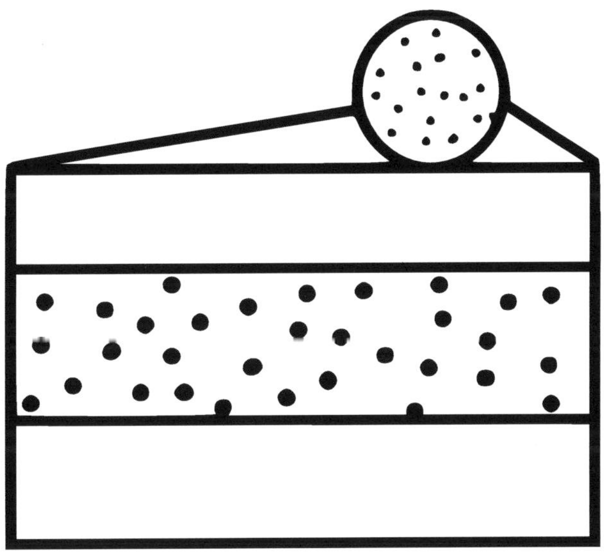

Lehrer: „Was sind 10 Torten plus 5 Torten plus 7 Torten?" „Ganz schlimmes Bauchweh!"

„Papa, stimmt das, dass die Lehrer bezahlt werden?"
Vater: „Aber ja mein Sohn, die Lehrer werden bezahlt!"
„Aber warum müssen wir dann die ganze Arbeit machen?"

„Mama! Wo ist meine Bluse von gestern?", fragt die kleine Lisa. „Schon in der Waschmaschine, warum?"
„Mama, jetzt bin ich verloren! Auf dem Ärmel stand alles, was ich morgen bei der Schularbeit hätte wissen müssen!"

Lehrer: „Benno, wenn du dir drei Wochen lang jeden Tag Süßigkeiten für 50 Cent kaufst, was macht das dann?"
Benno: „Karies!"

Nils kommt von der Schule heim.
Sein Vater begrüßt ihn mit ernster Stimme und sagt:
„Nils, deine Lehrerin hat mich vorhin angerufen!
Sie meinte, es sei unmöglich dir etwas beizubringen!"
Nils antwortet:
„Schau, das hab ich dir doch gleich gesagt!"

Luisa hat verschlafen. So schnell sie kann, läuft sie zur Schule. Auf dem Weg betet sie: „Bitte, lieber Gott! Hilf mir, dass ich nicht zu spät sein werde!"
Auf einmal stolpert sie. Ganz wütend sagt sie dann: „Hey, ich hab aber nicht gesagt, dass du mich schubsen sollst!"

Mutter weckt ihren Sohn: „Mäxchen, aufstehen! Schule ruft!" Mäxchen: „Mama, bitte lass mich weiter schlafen." Mutter: „Schau, dass du endlich aufstehst! Es ist schon spät!" Mäxchen: „Ich will aber nicht in die Schule. Die Kinder ärgern mich jeden Tag und die Lehrer gehen mir voll auf den Keks!" Mutter: „Zier dich nicht so und steh endlich auf!" Mäxchen: „Mama, sag mir zwei Gründe, warum ich in diese blöde Schule gehen soll!" Mutter: „Zum einen bist du 56 Jahre und zum anderen bist du der Schuldirektor!"

Tamina weint schon am frühen Morgen und sagt:
„Ich gehe auf keinen Fall mehr in die Schule!"
Mama: „Aber warum denn mein Schätzchen?"
Tamina: „Immer fragen mich die Lehrer,
wenn sie nicht mehr weiter wissen!"

Lehrer: „Wer weiß von euch, was die Steigerung von leer ist?" Schüler: „Natürlich Lehrer!"

Die dritte Klasse soll bis morgen einen Aufsatz zum Thema: „Unsere Katze" schreiben.
Die kleine Lisbeth schreibt:
„Unsere Katze. Wir haben keine Katze. Ende."

„Mama, in unserer Schule gibt es einen Lehrermangel, weil wir zu viele Schüler sind. Deswegen habe ich mir überlegt, dass ich die nächsten Wochen daheim bleiben werde. Dann entlaste wenigstens ich die Lehrer."

Der neue Schüler fragt seine Klassenkameraden: „Wann ist eigentlich Pause?" Antwortet ein Schüler: „Wir machen keine Pause! Wir schlafen durch!"

Uwe kommt am letzten Schultag nach Hause und gleich sagen seine Eltern: „Zeig uns doch dein Zeugnis!"
Uwe: „Das hab ich einem Freund gegeben!"
Mutter: „Warum machst du das?"
Uwe: „Er will damit seine Eltern erschrecken!"

Leo: „Mama, kannst du blind unterschreiben?"
Mama: „Ja, ich denke schon. Warum?"
Leo: „Ok, unterschreibe bitte mein Zeugnis mit geschlossenen Augen!"

Lehrerin: „Timo, warum betest du kurz vor dem Unterricht?" Timo: „Meine Mama sagt immer, dass ich vor dem Schlafen gehen beten soll!"

Lehrerin: „Franziska, kannst du mir sagen, was ein Katalog ist?"
Franziska: „Aber natürlich, das ist doch ganz einfach! Das ist die Vergangenheit von „ein Kater lügt!"

Tante Elfriede erkundigt sich bei der kleinen Emma: „Na wie gefällt es dir in der Schule?"
Emma: „An sich ganz gut! Aber die Stunden zwischen den Pausen sind einfach mega langweilig!"

Simon kommt nach seinem ersten Schultag nach Hause. Der Vater fragt: „Und mein Sohn, wie lief es in der Schule? Passt alles?" Simon: „Anscheinend passt nicht alles! Morgen muss ich nochmal hin!"

Das ist mein Lieblingslehrerwitz

3 : 3

Das ist mein Lieblingsschulwitz

Lustiger Witzemix

Manuel und seine Freunde sitzen abends ums Lagerfeuer. Seit Beginn der Dämmerung werden sie von Mücken geplagt. Als es richtig dunkel wurde, wurden die Mücken immer weniger, doch plötzlich tauchten Glühwürmchen auf. Da sagt Manuel: „Unglaublich! Jetzt kommen diese grausamen Mücken schon mit Laternen um uns zu suchen!"

„Ich hab gehört, dass du deinen Hühnern Sägemehl anstatt richtigem Futter gegeben hast?"
Sagt der Bauer: „Ja, das war wirklich ein Versehen! Das ist mir zuvor noch nie passiert!"
„Was ist jetzt mit deinen Hühnern?"
Bauer: „Haha, lustig ist es ja schon! Die ersten Küken sind geschlüpft. Sechs Küken haben Holzbeine und eine Marionette ist auch dabei."

Ein Zauberer sucht sich einen Jungen aus dem Publikum aus und bittet ihn auf die Bühne. Er begrüßt ihn und gibt ihm die Hand: „Nicht wahr kleiner Mann, wir haben uns noch nie gesehen?" Der Junge antwortet: „Nein, Papa!"

Der kleine Benno fragt eine vorbeilaufende Dame: „Guten Tag! Wären Sie so nett und würden den Hund streicheln?" Sagt die Dame: „Du kümmerst dich anscheinend wirklich sehr um deinen Hund!" Benno: „Nein, nein! Das ist gar nicht mein Hund! Ich wollte nur testen, ob er beißt!"

„Papa, kannst du mir 2 Euro geben? Da hinten steht so eine alte Frau, ich glaube, sie könnte das Geld gut gebrauchen!" „Mein Sohn, das ist aber sehr aufmerksam von dir! Wo ist diese Frau?" „Dort hinten, die Brezenverkäuferin!"

Sagt der eine Schneemann zum anderen:
„Läuft es dir auch immer so kalt den Rücken runter, wenn die Sonne scheint?"

„Schäfer, wie viele Schafe haben Sie denn eigentlich?"
Schäfer: „Gute Frage! Jeden Tag beginne ich zu zählen, aber immer wieder schlafe ich dabei ein!"

„Mama, warum hat Papa so wenig Haare auf dem Kopf? Ist er krank?" Mutter: „Aber nein mein Sohn, Papa ist nicht krank. Ihm fallen die Haare aus, weil er so viel denkt!" Sohn: „Mama, warum hast du dann so viele Haare auf dem Kopf?"

Mutter und Sohn spazieren durch den Zoo.
„Mama, kaufst du mir einen Löwen?"
Mutter: „Aber woher bekommen wir denn so viel Futter?"
Sohn: „Ich denke, das ist kein Problem!
Denn hier steht: Füttern verboten!"

„Herr Ober! In meiner Suppe schwimmen 7 Fliegen!"
„Oh, hatte ich ganz vergessen! Heute ist der
Schwimmwettkampf der Fliegen!"

Treffen sich zwei Unterhosen. Sagt die eine zur anderen:
„Wahnsinn wie braun du bist!
Warst du im Urlaub?"

Ein dicker Mann geht in eine Konditorei und sagt: „Ich möchte bitte Rumkugeln!" Verkäufer: „Machen Sie das bitte bei Ihnen zu Hause!"

„Papa, vor der Tür steht jemand, der eine Spende für das neue Freibad möchte! Was soll ich ihm denn geben?" Sagt der kleine Bruder: „Wie wärs mit ein paar Eimern Wasser?"

Busfahrer zum Fahrgast: „Aber bitte setzen Sie sich doch!" „Ich bleibe lieber stehen, ich habe es sehr eilig!"

Ein Bauarbeiter zum anderen: „Warum hast du eben die Schnecke erschlagen?" „Diese Schnecke verfolgt mich permanent! Ich halte das nicht länger aus!"

Zwei Eier begegnen sich. Fragt das eine das andere: „Sag mal, warum hast du überall so viele Haare?" Sagt das andere: „Ich bin eine Kiwi, du Ei!"

Frau: „Herbert, warum hast du dir nur einen Papagei gekauft?" Herbert: „Ich will wissen, ob er wirklich 150 Jahre leben wird!"

Oma stellt als Nachtisch einen Wackelpudding auf den Tisch. Da sagt die kleine Lisa: „Oma, der lebt ja noch!"

„Hans? Sag mal, was braucht man denn alles zum Angeln?" Hans: „Also du brauchst auf jeden Fall eine Rute, Ausdauer, Würmer ... und sehr wichtig: ganz lange Arme!" „Aha, ich verstehe! Aber warum brauch ich ganz lange Arme?" Hans: „Damit du deinen Freunden zeigen kannst, welch große Monsterfische du beinahe gefangen hättest!"

Tim fragt seinen Vater: „Papa, wo liegen eigentlich die Bahamas?" Vater: „Puh, keine Ahnung! Frag Mama, sie räumt immer alles auf!"

Tom sitzt am Frühstückstisch und fragt nach der Butter. Seine Mama sagt: „Tom, wie heißt das Zauberwort?" „Flott!"

Schon wieder streiten sich die zwei Brüder um den letzten Muffin. Genervt sagt die Mutter: „Ihr Jungs! Könnt ihr nicht ein einziges Mal einer Meinung sein?" Da schauen sich die Brüder verwirrt an und einer antwortet: „Aber Mama, das ist ja das Problem! Er will den Muffin und ich auch!"

Papa bringt Nils ins Bett. Eine halbe Stunde später öffnet Mama vorsichtig die Tür und fragt ganz leise: „Und, ist er schon eingeschlafen?" Nils: „Ja! Er schnarcht sogar!"

Chef: „Huber! Sie sind mit Abstand das beste Pferd im Stall!" Huber: „Oh, das ist mir aber eine Ehre!" Chef: „Sie machen den größten Mist!"

„Stefan, du weißt, was aus einem Jungen wird, der immerzu die Schule schwänzt und nur Fußball spielt?" „Ja Mama, ein reicher Fußballprofi!"

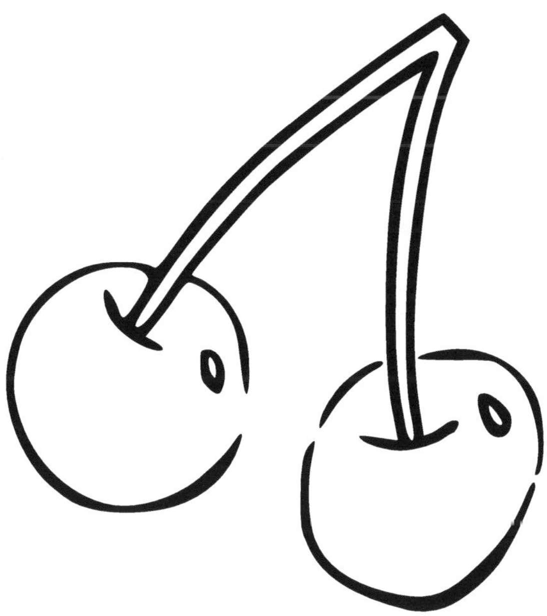

Frau Müller sieht zwei Kinder auf ihrem Kirschbaum und schreit: „Hey ihr zwei! Was macht ihr da? Klaut ihr mir meine guten Kirschen?" Die Kinder: „Aber nein, wir hängen sie auf!"

Sarah darf in den Ferien ihre Tante in der Wüste
Marokkos besuchen. Nach ein paar Tagen schreibt sie
ihrer Familie eine E-Mail und übertreibt ein wenig:
„Hier ist es so unglaublich heiß! Ihr könnt euch gar nicht
vorstellen, was das für die Hühner bedeutet!
Jeden Tag müssen wir sie mit Eis füttern,
sodass sie keine Spiegeleier legen!“

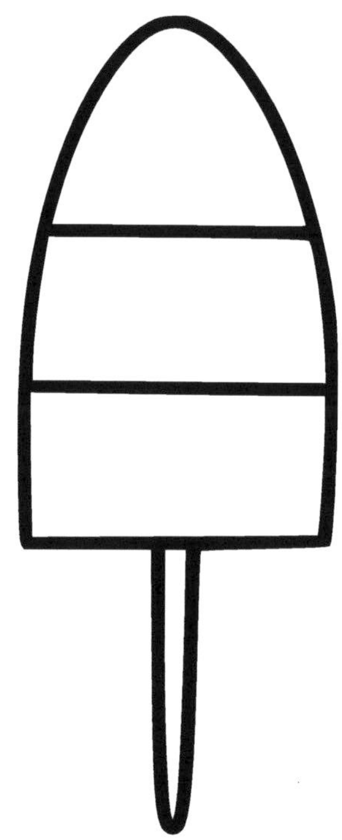

Herr Huber fragt bei der Tankstelle:
„Wie viel kostet denn ein Tropfen Benzin?“
Tankwart: „Der kostet nichts!“
Herr Huber: „Das ist ja klasse!
Dann tröpfeln Sie mir bitte den Tank voll!“

Während die Eltern im Urlaub sind, teilen sich die Geschwister Tanja und Moritz den Haushalt.
Moritz soll die Schuhe putzen, doch er drückt sich davor.
„Ach Tanja, draußen ist doch eh alles matschig.
Es lohnt sich doch gar nicht die Schuhe zu putzen."
Als es Zeit zum Abendessen war meinte Tanja:
„Ich habe nichts gekocht, da wir sowieso bald wieder Hunger haben werden."

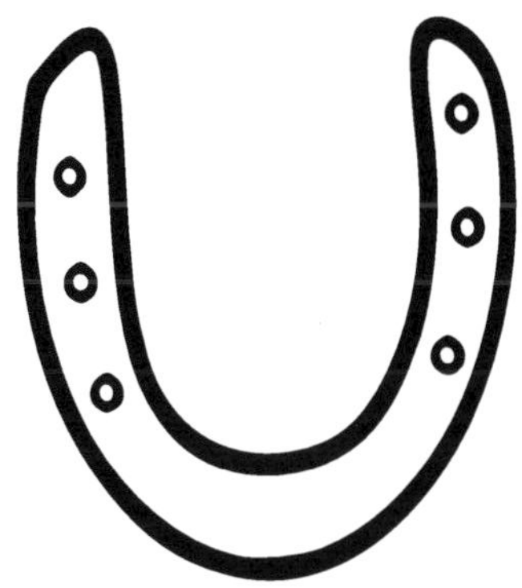

„Alex, stell dir vor, ich hab gestern vier Hufeisen auf einmal gefunden! Ist das nicht ein Wahnsinn!
Das hat bestimmt etwas zu bedeuten!"
„Ja, ein Pferd läuft jetzt barfuß durch die Gegend!"

Der kleine Franz muss beim Essen plötzlich hefig husten.
Ganz erschrocken fragt seine Mama:
„Franz, hast du dich verschluckt?"
Franz: „Ach Mama, du siehst doch, dass ich noch da bin!"

Mutter und Tochter stehen in der Küche und bereiten das Essen vor. Mutter: „Aber Marie, was machst du denn da? Das ist doch ein Haarshampoo mit dem du die Fische putzt!" Marie: „Aber Mama! Da steht doch drauf: Bestens zur Entfernung von Schuppen geeignet!"

In einer Tierhandlung erkundigt sich ein Herr nach einem Hund: „Wie viel kostet er denn?"
Verkäufer: „500 Euro." Kunde: „Machen wir die Hälfte?"
Verkäufer: „Entschuldigen Sie mein Herr, aber wir verkaufen nur ganze Hunde!"

„Hast du Löcher in deinen Schuhen?" „Nein, natürlich nicht!" „Aha! Und wie ziehst du sie dann an?"

Sabine meldet sich für ihre erste Reitstunde an und sagt: „Das wird eine Premiere, bisher bin ich noch nicht geritten." Sagt die Reitlehrerin: „Kein Problem, Sie bekommen einfach ein Pferd, das auch noch nie geritten wurde!"

„Ich weiß einfach nicht, was ich meinem Bruder zu Weihnachten schenken soll", seufzt Lilli. „Frag ihn doch einfach, was er sich wünscht.", sagt Sebastian. „Nein, das mach ich auf gar keinen Fall! Das kann ich mir nicht leisten!"

Eine sehr wütende Stimme am Telefon: „Entweder Sie machen sofort Ihre Musik leiser oder ich zeige Sie an!" „Sie spinnen doch! Ziehen Sie doch einfach wo anders hin!" „Ich wohne bereits zwei Straßen weiter!"

In der Zoohandlung fragt eine alte Frau den Verkäufer: „Guten Tag, was kostet denn der hübsche Papagei da vorne?“ Verkäufer: „Der Papagei spricht so gut, Sie können den Preis mit ihm selbst diskutieren!“

Im Zoogeschäft fragt der Kunde: „Ich möchte einen sprechenden Papagei kaufen!“ Verkäufer: „Haben wir leider nicht, aber ich könnte Ihnen einen Specht anbieten?“ Kunde: „Kann er denn auch sprechen?“ Verkäufer: „Sprechen nicht, aber morsen kann er!“

„Mama, ich habe fünf Fliegen gefangen! Drei Weibchen und zwei Männchen." Mama: "Woher weißt du, welche Männchen und welche Weibchen sind?" „Ganz einfach: Drei sind auf dem Spiegel gesessen und zwei auf der Bierflasche."

Die kleine 5-jährige Nina hat bisher noch kein einziges Wort gesprochen. Doch eines Tages sagt sie beim Abendessen: „Mama, es fehlt Salz in der Suppe!" Ganz erschrocken schauen sich die Eltern an. Kurz darauf fragt die Mama vorsichtig: „Aber Schatz, warum hast du denn bisher nichts gesagt? Wir machen uns doch Sorgen um dich!" Nina: „Was hätte ich sagen sollen? Bisher hat das Essen doch immer ganz gut geschmeckt!"

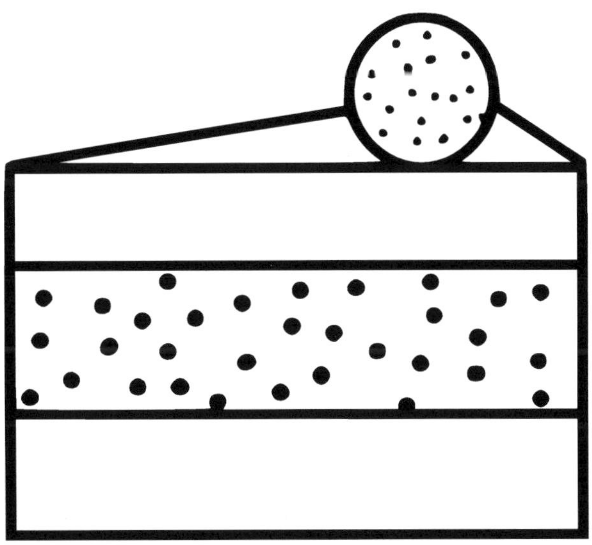

Oma und ihre Enkeltochter gehen spazieren und treffen auf ein Freigehege. Da sagt die Oma: „Schau mal, was für ein schönes Reh! Was meinst du, würde es sagen, wenn es sprechen könnte?" „Ich bin eine Wildsau!"

Die kleine Henriette sieht zum ersten Mal eine Wärmflasche und fragt: „Mama, was macht man denn damit?" Mutter: „Wenn man zum Beispiel Bauchschmerzen hat, dann kann man sich den Bauch damit wärmen." Henriette: „Aber Mama! Wie bringst du den Bauch da rein?"

„Papa, schau mal den Hund an! Warum hängt ihm die Zunge so weit aus dem Maul?" Vater: „Ich weiß auch nicht warum! Vielleicht ist sein Kopf zu klein?"

„Schau mal! Ein Alien auf einem Ufo!"
„Nimm sofort meinen Hamster von deiner Frisbee!"

Mutter: „Schau mal meine Haare an! Jetzt hab ich schon wieder ein graues Haar bekommen!!
Und das nur wegen dir, weil du immer so frech bist!"
Tochter: „Dann musst du ja ganz schön frech gewesen sein, wenn ich mir Oma so anschaue!"

Zugschaffner zu einer alten Dame: „Entschuldigen Sie, aber mit diesem Ticket dürfen Sie nicht im ICE fahren. Sie dürfen damit keine Schnellzüge nutzen."
Dame: „Sagen Sie bitte dem Lokführer, dass er langsamer fahren soll. Danke!"

Janina kommt ganz außer Atem im Schreibwarengeschäft an und schreit: „Ich brauche alles Löschpapier, das Sie haben!" Verkäuferin ganz erstaunt: „Was hast du denn vor?" „Ich brauche es zum Löschen! Bei uns daheim brennt es!"

In einer Zoohandlung. Kunde: „Ich möchte elf Ratten kaufen!" Verkäufer: „Darf ich fragen, wozu Sie elf Ratten brauchen?" Kunde: „Da ich meine Wohnung gekündigt habe, meinte der Vermieter, dass ich die Wohnung so zurücklassen solle, wie ich sie vorgefunden hätte."

„Sag mal, wie hat Mama gemerkt, dass du dich heute nicht gewaschen hast?", fragt Lisa ihren Bruder. Bruder: „Heute habe ich vergessen die Seife nass zu machen!"

„Hey Huber! Rauchen deine Pferde?"
„Auf keinen Fall, wie kommst du da drauf?"
„Dann brennt wohl dein Stall!"

Josef geht mit seiner Oma im Zoo spazieren. Plötzlich ruft er ganz erstaunt, als er Igel sieht: „Oma, Oma, schau mal! Hier gibt es laufende Kakteen!"

Zwei Freunde sind zum Angeln verabredet.
Sie treffen sich und machen es sich am See gemütlich.
Schon bald hat der erste eine alte Thermoskanne gefischt. Der andere zieht bald danach ein dreckiges T-shirt heraus und schon bald angeln sie noch ein paar löchrige Pantoffel. Plötzlich steht einer von beiden auf und sagt: „Pack so schnell wie´s geht deine Sachen und lass uns abhauen! Ich glaube, da unten wohnt einer!"

„Ina, du machst in letzter Zeit oft so einen müden Eindruck!" „Das ist nur eines der Talente, die in mir schlummern!"

Sagt der Feuerwehrmann ganz genervt zu dem kleinen Max: „Jetzt reicht´s aber! Hör halt endlich mal auf ständig Papier ins Feuer zu werfen!"
Max: „Wieso?? Ist doch Löschpapier?"

Zwei Freunde sind beim Angeln an einem See.
Nach drei Stunden schlägt der eine Angler das linke Bein über das Rechte und nach einer Stunde das rechte Bein über das Linke. Sagt der andere: „Tanzen wir hier Hiphop oder sind wir beim Angeln?"

„Unglaublich, was die Leute einem heutzutage zum Geburtstag schenken!" „Warum? Was hast du denn bekommen?" „Wasser-Ski!" „Na, das klingt doch super!" „Ja klar! Kennst du einen See in der Gegend, bei dem es bergab geht?" „Ne, da hast du recht!"

Der kleine Simon läuft so schnell er kann, doch bald stolpert er und fällt auf die Nase. Eine alte Dame drückt ihr Mitleid aus und sagt: „Oh, hoffentlich ist deine Nase ganz geblieben!" Simon antwortet: „Ja, die Löcher waren vorher schon drin!"

Luis sitzt vor dem Fenster und beobachtet eine alte Dame. Sein Vater fragt ihn: „Luis, was gibt es draußen zu sehen?" Die alte Dame sucht seit einer halben Ewigkeit 50 Euro, die sie verloren hat!" „Woher weißt du das?" „Weil ich sie vorhin gefunden habe!"

Zwei Brüder sitzen auf der Couch. Sagt der eine: „Kann es sein, dass mein Po eingeschlafen ist?" Sagt der andere: „Also Schnarchen höre ich ihn schon!" „Herr Nachbar! Ihre Katze hat meinen Kanarienvogel gefressen!" Nachbar: „Danke, dass Sie es mir sagen! Dann bekommt die Katze heute nichts mehr zu fressen!"

Ein älterer Herr fliegt zum ersten Mal. Recht bald kommt eine Stewardess und verteilt an alle Passagiere Kaugummis und sagt: „Nehmt einen Kaugummi, der ist gut für die Ohren!" Kurz vor der Landung fragt der Herr: „Entschuldigung! Können Sie mir sagen, wie ich den Kaugummi wieder aus meinen Ohren bekomme?"

„Wie komme ich in die nächste Stadt?", fragt ein Urlauber, der mit seinem Jeep unterwegs ist. Wüstenmensch: „Sie fahren immer geradeaus und in einer Woche biegen Sie rechts ab!"

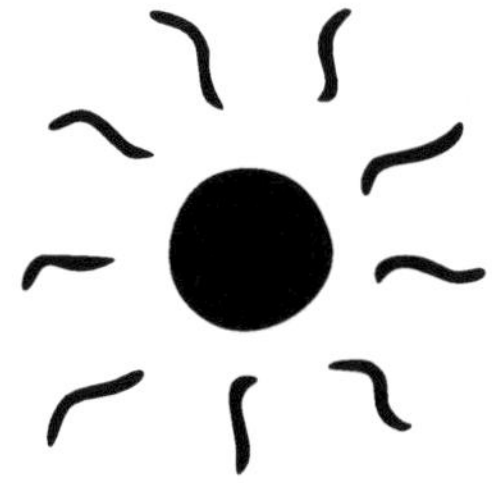

Die Verkäuferin an der Kinokasse sagt zu Anne verwundert: „Du warst doch heute schon zweimal da und hast dir immer eine Kinokarte gekauft. Warum willst du dir nun eine dritte Kinokarte kaufen?"
„Na ich will doch den Kinofilm sehen! Und jedes Mal, wenn ich den Saal betreten möchte, dann zerreißt die Dame beim Eintritt meine Karte!"

Am Wildschweinzaun hängt ein Schild:
„Wildschweine bitte nicht Füttern. Der Besitzer"
Darunter wurde allerdings ein zweites Schild angebracht, auf diesem steht: „Oberes Schild bitte nicht beachten. Die Wildschweine"

Herr Ober! In meiner Brokkolisuppe schwimmt eine tote Fliege!" Ober: „Seltsam! Vorhin meinte sie noch, dass sie zum Snowboard fahren aufs Eis gehen würde."

Gerd bekommt zu seinem Geburtstag eine kleine Schildkröte geschenkt. Schon bald kommt sein kleiner Bruder und sagt: „Hey, nimm doch mal den Deckel von der Schildkröte herunter, ich möchte sie gerne streicheln!"

Die Katze ist allein zu Hause. Das Telefon klingelt und sie geht hin: „Miau!" Ganz erstaunt fragt der Anrufer: „Wer ist am Telefon?" Darauf die Katze: „M wir Marta, I wie Ida, A wie Alex und U wie Ute!"

Papa: „Also das ist schon sehr komisch, dass unsere Kerzen immer kleiner werden! Dabei steht doch auf der Verpackung: Wachs-Kerzen."

„Klaus, schau mal wie viel Zahnpasta noch in der Tube ist!" Es herrscht Stille, doch auf einmal ruft Klaus: „Mama, die Zahnpasta reicht genau von der Badewanne bis zum Küchentisch!"

„Mein Sohn, welchen Beruf möchtest du später erlernen?" Sohn: „Ich möchte Müllmann werden!" Vater entsetzt: „Mein Sohn, wie kommst du denn darauf?" Sohn: „Na die arbeiten immer nur freitags!"

Der kleine Fridolin beschwert sich:
„Ihr hättet mir auch vor dem Essen sagen können,
dass ich die Pizza mit den Händen essen soll,
dann hätte ich mir die Hände nicht waschen brauchen!"
Mutter: „Mein Sohn, wenn du immer so böse bist,
dann wirst du auch Kinder bekommen, die so böse sind!"
Sohn: „Mama, jetzt hast du dich aber verraten!"

Die Kellnerin wird zum Chefkoch gerufen. Chefkocht: „Wieso haben Sie auf die Tageskarte „Speinat" geschrieben?" Kellnerin: „Na, sie haben doch selbst gesagt, dass ich Spinat mit Ei schreiben soll!"

Der kleine Hans sitzt am See und angelt.
Ein alter Mann kommt vorbei und fragt:
„Und kleiner Mann, beißen die Fische?"
Der kleine Hans antwortet verdutzt:
„Nein, warum sollten sie?
Sie können die Fische ruhig streicheln!"

Ein Wassermelonenzüchter ärgert sich immer wieder darüber, dass Kinder etwas von seinen Wassermelonen klauen. Irgendwann geht es ihm so auf die Nerven, dass er ein Schild am Eingang befestigt. Darauf steht:
„Achtung! Eine Wassermelone ist vergiftet!"
Noch am gleichen Tag lesen die Kinder das Schild und

laufen sofort nach Hause. Am nächsten Tag schaut er nach seinen Wassermelonen und sieht unter seinem Schild ein neues Schild hängen: „Jetzt sind es zwei vergiftete Wassermelonen!"

„In meiner Freizeit ist mir so langweilig!" „Haben Sie denn kein Hobby?" „Doch, Radfahren!" „Na, dann passt es doch? Oder was fehlt Ihnen?" „Ein Fahrrad!"

Nach stundenlangem Aufstieg erreichen Mutter und Tochter endlich das Gipfelkreuz. Mutter: „Schau mal, wie herrlich es da unten ist!" Tochter: „Warum sind wir dann stundenlang hier rauf gegangen?"

Eine Dame läuft mit einem Affen auf dem Arm durch die Fußgängerzone. Fußgänger: „Entschuldigung, aber wo haben Sie denn den Affen her?" Dame: „Der ist mir einfach so zugelaufen! Was soll ich Ihrer Meinung nach mit ihm machen?" Fußgänger: „Wie wäre es, wenn Sie mit ihm in den Zoo gehen?" Nach fünf Stunden trifft der Fußgänger wieder auf die Dame mit dem Affen. Fußgänger: „Ich hatte Ihnen doch geraten mit dem Affen in den Zoo zu gehen!" Dame: „Da waren wir auch bis eben! Jetzt gehen wir ins Schwimmbad!"

Martin und Lukas schauen Fußball. Lukas: „Gutes Spiel, oder?" Martin: „Ja, nur die Tore fehlen!" Lukas: „Warum? Da stehen doch zwei?"

Malermeister zu seinem Lehrling:
„Streich du bitte schon mal die Fenster."
Nach ein paar Stunden kommt der Lehrling und sagt:
„Also die Fenster hab ich gestrichen! Die Rahmen auch?"

Paulchen war am Wochenende bei seinen Großeltern.
Als Mama ihn abholt, fragt sie:
„Und Paulchen, wie hat es dir gefallen?"
„Es war echt langweilig!" „Warum?"
„Opa und Oma saßen ständig auf dem Sofa
und hatten nie was an!"
„Waaaaas???", schreit die Mutter völlig außer sich.
„Ja, nichts an! Kein TV, kein Radio..!"

Ein Opa zeigt dem Busfahrer seine Fahrtkarte.
Da sagt der Busfahrer: „Mein Herr, das ist aber eine Kinderfahrkarte!" Sagt der Opa: „Jetzt können Sie sich vorstellen, wie lange ich auf diesen Bus gewartet habe!"

Der kleine Tim hat den ganzen Kuchen alleine aufgegessen. Mutter: „Tim! Warum hast du nicht an deine Schwester gedacht, als du den Kuchen gegessen hast?" Tim: „Hab ich doch! Deswegen hab ich ja auch so schnell gegessen!"

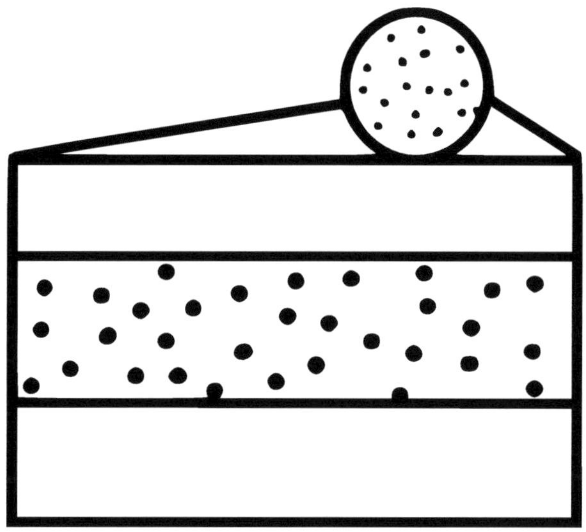

Mama: „Mäxchen, warum weint dein kleiner Bruder?" Mäxchen: „Ich hab ihm geholfen!" Mama: „Aber das ist doch eigentlich gut, wenn du ihm hilfst?" „Ich hab ihm geholfen die Schokolade aufzuessen!"

Herr Meier schimpft wie wild an der Kasse: „Sie geben doch selbst zu, dass Sie bisher noch nie einen 45 Euroschein gesehen haben! Wie können Sie dann behaupten, dass dieser hier falsch sei?"

„Mein Junge, hast du das Sieb gesehen?" „Das hab ich weggeworfen! Da waren ja überall Löcher drin!"

„Waren Sie schon einmal in Russland?" „Nein, bisher noch nie!" „Dann müssten Sie eigentlich meinen Vater kennen!" „Wie kommen Sie darauf?" „Naja, er war auch noch nicht in Russland!"

Klaus flitzt mit seinem Fahrrad durch die Gegend, doch schon bald stürzt er. Eine alte Oma hatte ihn gesehen und frag: „ Junge, bist du gestürzt?" Klaus meckert: „Nein! Ich steige immer so von meinem Rad!"

„Tom, kommst du mit mir ins Freibad?"
„Geht leider nicht! Hab Hausverbot bekommen!"
„Oh, warum das denn?"
„Ich hab meine Badehose nicht richtig getragen!"
„Wie hast du sie denn getragen?" „Auf dem Kopf."

Ein Gärtner zum anderen: „Ich habe gehört,
dass die Pflanzen schneller und besser wachsen,
wenn man mit ihnen spricht!" Sagt der andere Gärtner:
„Oh, das ist ja interessant!
Dann gehe ich gleich zum Unkraut und beleidige es!"

„Herr Ober! So langsam hätten wir dann doch einmal
Hunger! Oder wollen Sie uns hier verhungern lassen?"
„Entschuldigen Sie mein Herr, das geht leider nicht.
Wir schließen gleich."

Ein Vampir begegnet einem alten Bekannten. Sagt der eine Vampir zum anderen: „Ich habe gehört, dass du Vegetarier geworden bist? Aber was isst du denn dann?" „Nur noch Blutorangen!"

Sagt der Vater zu seinem Sohn Olaf: „Alles alles Liebe zum Geburtstag mein Sohn! Was wünschst du dir?" „Ich wünsche mir einen Hund!" Vater: „Wünsch dir doch etwas anderes!" „Ok, dann wünsche ich mir, dass wir heute unsere Rollen tauschen!" Vater: „Mein Sohn, das machen wir!" „Gut, dann komm mein Sohn. Wir fahren jetzt in die Stadt und kaufen für Olaf einen Hund!"

„Papa, ich wünsche mir zu Weihnachten ein Pony!" Papa an Weihnachten: „Lisa, wie gewünscht, dein Friseurtermin!"

Eine Dame läuft so schnell sie kann zur Bootsanlegestelle. Ganz aus der Puste wirft sie ihren großen Koffer auf das drei Meter entfernte Boot.
Anschließend springt sie hinterher und zieht sich mit letzter Kraft auf das Boot. Ganz erleichtert sagt sie: „Puh, das war wirklich knapp! Ich dachte, ich würde das Boot verpassen!" Ein Seemann sagt: „Das war wirklich beeindruckend! Aber Sie hätten auch einfach warten können, bis wir anlegen!"

„Ich bin so gut! Ich kann einfach alles!", sagt Felix stolz. Darauf sagt sein Kumpel: „Wenn dem so sei, dann nagel doch Joghurt an die Decke!"

„Warum heißt diese Straße Sandweg?
Ich sehe weit und breit keinen Sand!"
„Na gerade deswegen! Weil der Sand weg ist!"

Ein Junge und seine Katze sitzen im Park und spielen Schach. Nach kurzer Zeit kommt ein Fußgänger und sagt: „Oh wow! Sie haben ja eine richtig schlaue Katze!" Junge: „Naja, so schlau ist sie eigentlich nicht! Sie verliert ständig!"

„Entschuldigung, ich möchte gerne zum Kino. Wann muss ich aussteigen?", fragt ein Herr einen anderen Herrn in der Straßenbahn. „Orientieren Sie sich einfach an mir! Sie müssen exakt drei Haltestellen vor mir aussteigen!"

Radio: „Bitte fahren Sie auf der Autobahn ganz rechts und überholen Sie nicht! Es ist ein Geisterfahrer unterwegs!" Mann im Auto: „Denen vom Radio kann man auch nicht glauben! Ein Auto? Tausende kommen mir entgegen!"

Seit ein paar Tagen werden immer wieder Kirschen aus Herrn Pfarrers Garten geklaut. Schon bald hängt der Pfarrer ein Schild auf: „Gott hat seine Augen überall!" Am nächsten Tag steht auf dem Schild: „Das stimmt, aber er behält Geheimnisse für sich!"

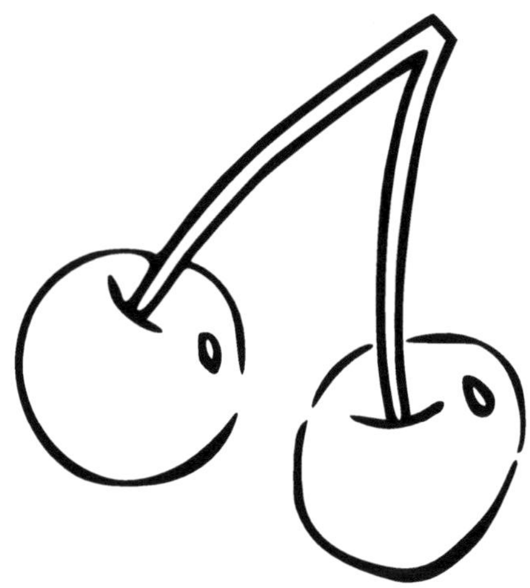

Der Sohn eines Fußballprofis kommt am letzten Schultag nach Hause, freut sich über alle Ohren und schreit: „Papa! Papa! Du wirst es nicht glauben! Ich habe eine Vertragsverlängerung für die 4. Klasse bekommen!"

Treffen sich zwei Kekse. Plötzlich wird die Stimmung etwas unangenehm. Sagt der eine Keks zum anderen: „Komm, wir verkrümeln uns!"

Sagt die Oma zu ihrer Enkelin: „Susi, du darfst dir von mir ein Buch wünschen. Welches möchtest du?"
Susi: „Ich hätte gern ein Sparbuch!"

„Machen Sie mir eine neue Klingel ans Fahrrad?", fragte der kleine Leo den Fahrrad-Mechaniker.
„Ja klar! Aber die Bremsen müsste man auch reparieren!"
Leo: „Das geht auch so!
Deswegen brauch ich ja eine neue Klingel!"

Frau zu ihrem Mann beim Einkaufen: „Mensch, schau mal, der Mann da drüben muss ja wirklich in einer sehr kleinen Wohnung wohnen! Er hat sogar eine Zahnbürste zum zusammenklappen gekauft!"

Herr Meier geht in ein schickes Restaurant, setzt sich an einen Tisch und beginnt seine Brotzeit auszupacken. Anschließend beginnt er genüsslich zu Speisen. Sofort kommt der Kellner und sagt: „Aber wirklich! So läuft das bei uns nicht! Sie müssen schon etwas bestellen!" Herr Meier: „Na gut, dann bestellen Sie Ihrem Chef einen freundlichen Gruß!"

Otto ist beim Schlittschuhlaufen in den See eingebrochen. Verzweifelt versucht er sich aus dem Loch zu befreien. Kommt ein Freund von ihm hinzu: „Hey Otto! Bist du wohl eingebrochen?!" Otto: „Quatsch! Der Winter hat mich beim Baden total überrascht!"

Tochter schreibt einen Brief aus dem Ferienlager an ihre Eltern: „Liebe Mami, lieber Papi, mir geht es gut und wir haben super Wetter. Alles ganz toll! Nur eine Frage, was sind Bettwanzen und Läuse?"

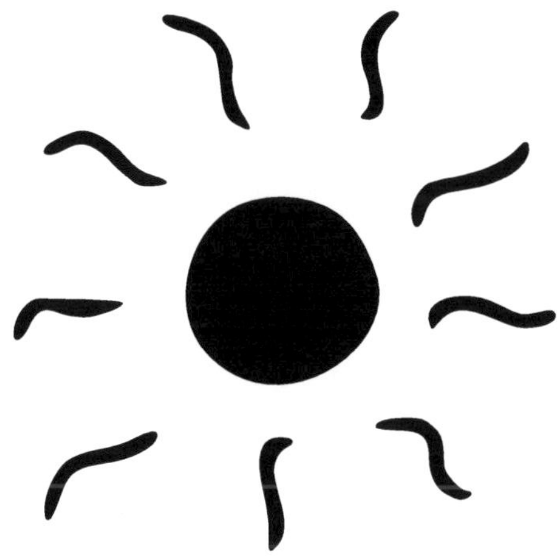

Unterhalten sich zwei Damen im Bus. Sagt die eine: „Mit diesem Bus fahre ich nun schon 9 Jahre." Sagt die andere: „Oh, das ist ja Wahnsinn! Wo sind Sie denn eingestiegen?"

Zwei Schwimmreifen sind im Meer unterwegs. Plötzlich sagt der eine Schwimmreifen zum anderen: „Pass auf! Da kommt ein Haifischhhhhhhhh!"

Maria: „Johanna, wie heißt denn dein neuer Bär?"
„Ich weiß es nicht, sie will es mir einfach nicht sagen!"

„Ach Lukas! Warum machst du einen Purzelbaum nach dem anderen?" „Mama, ich hab vorhin meine Medizin genommen, aber hatte vergessen die Flasche vorher zu schütteln."

Ein Zauberer bittet eine Dame auf die Bühne und sagt: „Bitte nehmen Sie Ihre Uhr ab." Der Zauberer nimmt die Uhr und legt sie in die Schachtel. Zauberer: „Schauen Sie selbst nach, Ihre Uhr liegt in der Schachtel. Hören Sie Ihre Uhr ticken?" Dame: „Sie sind wirklich ein grandioser Zauberer! Meine Uhr ist seit Wochen kaputt gewesen!"

„Herr Kellner, was können Sie mir empfehlen? Ich habe allerdings wenig Zeit und muss gleich wieder los!" Kellner: „Ich würde Ihnen den Auflauf vom Vortag empfehlen, der muss auch bald weg!"

Treffen sich ein hartgekochtes Ei und ein Rührei. Sagt das hartgekochte Ei zum anderen: „Ich fühle mich so versteift! Alles ist hart!" Sagt das Rührei: „Und ich bin irgendwie voll durcheinander!"

Das ist mein Lieblingswitz

Scherzfragen

„Was hat keine Beine und läuft trotzdem immer wieder?"
„Die Nase."

„Welche Schlange hat keine Giftzähne und kann weder kriechen noch beißen?" „Eine Luftschlange."

„Was passiert mit einem grauen Stein, wenn er ins Tote Meer geworfen wird?" „Er wird nass."

„Welcher Kopf ist grün und hat keinen Mund, keine Nase, keine Augen und keine Ohren?" „Der Kopfsalat."

„Welches Tier steckt im Kaffee?" „Ein Affe."

„Welcher Stuhl bewegt sich immer wieder auf und ab?"
„Ein Fahrstuhl."

„Welchen Fall kann ein Detektiv nicht lösen?"
„Einen Wasserfall."

„Was ist das Lieblingsobst von Dracula?" „Blutorangen."

„Welcher Kater miaut nicht?" „Der Muskelkater."

„Was macht der Storch, wenn er auf einem Bein steht?"
„Er überlegt seinen nächsten Schritt."

„Warum schleicht sich die Krankenschwester auf Zehenspitzen am Medikamentenschrank vorbei?"
„Sie hat Angst die Schlaftabletten zu wecken!"

„Was liegt immer auf der Erde, aber wird nie dreckig?"
„Ein Schatten."

„Welches Tier ist am stärksten?"
„Die Schnecke, denn sie kann ihr Haus tragen!"

„Welcher Mann wird durch die Sonne immer kleiner?"
„Der Schneemann!"

„Was hat Beine, aber kann nicht laufen?" „Ein Stuhl."

„Welche Watte kann man essen?" „Zuckerwatte."

„Auf welchen Pferden kann man nicht reiten?"
„Auf Seepferdchen."

„Warum sind Skelette so schlechte Lügner?"
„Weil sie so leicht zu durchschauen sind!"

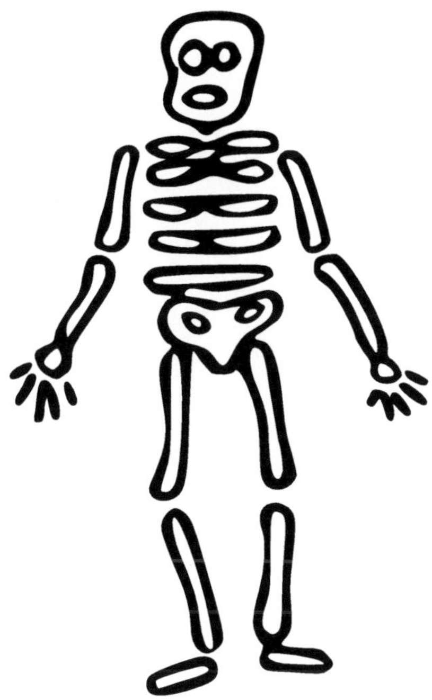

„Welcher Zahn beißt nicht?" „Löwenzahn."

„Welcher Löwe kann sehr gut schwimmen?"
„Der Seelöwe."

„Welcher Hahn lebt nicht auf einem Bauernhof, kann nicht krähen und auch nicht laufen?" „Ein Wasserhahn."

„Was sagt ein Tausendfüßler, wenn er zu Weihnachten Schuhe bekommt?" „Tausend Dank!"

„Was ist groß, dick und grau und hat einen Koffer in der Hand?" „Ein Elefant auf Reisen."

„Warum Summen Bienen?"
„Weil sie sich keine Texte merken können."

„Wie schmeckt Salz besser?"
„Mit Pommes!"

„Von welcher Feige sollte man lieber die Finger lassen?"
„Von der Ohrfeige."

„Was darf bei einem Schuh, außer Schnürsenkel und Sohle nicht fehlen?" „Der zweite Schuh."

„Was macht eine Wolke bei Juckreiz?"
„Sie fliegt zum nächsten Wolkenkratzer."

„Was geht immer mit dir baden, aber wird nie nass?"
„Dein Schatten."

„Welche Nägel verwenden Handwerker nicht zum Hämmern?" „Fingernägel."

„Welche Nuss schmeckt niemandem?"

„Die Kopfnuss."

„Welches Laub fällt nicht vom Baum?"
„Der Urlaub!"

„Welcher Baum hat keine Wurzeln?"
„Der Purzelbaum."

„Warum schwimmen die Delphine in Salzwasser?"
„Weil sie in Pfefferwasser dauernd niesen würden!"

„Welche Krone können weder Kaiser noch Könige tragen?"
„Baumkrone."

„Welche Affen haben mit Abstand die
längsten Hälse?" „Natürlich die Giraffen!"

„Wie heißt ein Keks,
der unter einem Sonnenschirm liegt?"
„Schattiges Plätzchen."

„Was geht um einen Baum herum und wird nie müde?"
„Die Rinde."

„Was sagt eine Maus hinter einem Elefanten?"
„Mach bloß keinen Scheiß!"

„Warum können Schnecken nicht tanzen?"
„Weil es keine Band gibt, die so langsam spielen kann!"

„Was sind die teuersten Tomaten?" „Geldautomaten."

„Womit fängt der Tag an und hört die Nacht auf?"
Mit „t".

„Was geht?" „Alles was Beine hat, nur Stühle nicht."

„Was ist der Unterschied zwischen einem
Fußballer und einem Fußgänger?"
„Der Fußgänger geht bei grün, der Fußballer bei rot."

„10 Giraffen, 3 Affen und 1 Papagei stehen unter einem
Regenschirm. Warum werden sie nicht nass?"
„Es regnet nicht!"

„Warum sitzen immer zwei Leute im Hubschrauber?"
„Einer schraubt und der andere hupt!"

„Was ist grün, gut gelaunt und hüpft über die Wiese?"
„Eine Freuschrecke."

„Welche Brücke führt über kein Gewässer?"
„Eine Eselsbrücke."

„Was ist vor dem Waschen sauber und nach dem Waschen dreckig?“ „Das Wasser.“

„Ist ein Eisbär denn immer weiß?“
„Klar, wenn er blau wäre,
dann würde er auch Blaubär heißen!“

„Wo geht man durch ein Loch rein, aber durch zwei wieder raus?“ „Bei einer Hose!“

Quiz-Lösungen

Seite 8

Warum haben die Menschen geklatscht, als sie die Mücke gesehen haben?

2. Die Menschen wollten nicht von der Mücke gestochen werden.

Seite 10

Was passiert, wenn der Hase den Schneemann föhnen würde?

2. Der Schneemann würde sehr schnell schmelzen und dann nicht mehr da sein.

Seite 12

Wie möchte der Igel die Luft aus den Reifen heraus-lassen?

2. Indem der Igel mit seinen spitzen Stacheln gegen die Reifen pikst.

Seite 14

Welche Farben hat ein Pinguin?

1. Hauptsächlich schwarz, grau, weiß und ein bisschen gelb und orange.

Seite 16

Wie kann man sich Faultiere vorstellen?

2. Faultiere sind eher sehr sehr langsam und entspannt.

Seite 18

Können Papageien sprechen?

1. Ja, Papageien können sprechen, wenn sie wollen. Manchmal erzählen sie auch sehr lustige Sachen.

Seite 20

Kann der Elefant die Hängebrücke problemlos überqueren, wenn die Maus die Brücke überqueren konnte?

2. Kann man nicht wissen, denn der Elefant ist viel schwerer als die Maus und es hängt von dem Zustand der Hängebrücke ab.

Seite 22

Was sind High Heels?

1. Sehr hohe Damenschuhe

Seite 24

Was haben Schildkröten auf ihrem Rücken?

1. Einen Panzer

Seite 26

Was bedeutet es eine „Leuchte" zu sein?

2. Man hat sehr viel Wissen und ist ein Genie.

Seite 28

Wie viele Beine hat eine Spinne?

2. Eine Spinne hat 8 Beine.

Seite 32

Welche Farbe hat die Arbeitskleidung der Jäger?

2. Dunkelgrün

Seite 44

Was ist ein Spatz?

1. Ein Vogel

Seite 45

Sollte man alle Pilze essen?

2. Nein, auf keinen Fall sollte man alle Pilze essen!
Man darf nur die Pilze essen, die nicht giftig sind.

Seite 47

Was ist Magie?

1. Zauberei

Seite 48

Wie heißt die Mehrzahl von Sandkorn?

2. Sandkörner

Seite 50

Wie heißt die Mehrzahl von Baum?

1. Bäume

Seite 52

Wie schreibt man die Zahl 9 auf Englisch?

1. nine

Super! Ich hoffe, du konntest ganz viele Fragen richtig beantworten!

Danksagung

Liebe Witzeliebhaberin/
Lieber Witzeliebhaber,

hoffentlich hattest Du mit dem Witzebuch sehr viele lustige und witzige Momente und dadurch eine riesen Freude. Wenn Du mich als junge Autorin unterstützen möchtest, dann bitte ich Dich herzlichst darum, mir Feedback, in Form einer Amazon-Rezension, zu geben. Durch Dein Feedback kann die Qualität, falls nötig, stetig verbessert werden.

Vielen herzlichen Dank!

Anna Herzmaier

Rezension bei Amazon verfassen

1. Bei Amazon.de einloggen

2. Auf „Warenrücksendungen und Bestellungen" klicken

3. **„Witzebuch für Kinder ab 6: Die mit Abstand lustigsten Witze und Scherzfragen für Erstleser: Lesen lernen mit Spaß" von Anna Herzmaier** suchen

4. Auf „Schreiben Sie eine Produktrezension" klicken

5. Rezension schreiben
(Rezension muss einen Titel,
sowie mindestens 20 Wörter beinhalten.)

6. Auf „Absenden" klicken

Vielen Dank!

Literaturempfehlungen

Schwungübungen ab 4 Jahren

Der große Vorschulblock für Jungen und Mädchen
zur Förderung der Feinmotorik, Konzentration
und der Augen-Hand-Koordination

Von Julia Schneiderfeld

- Einzigartiges, liebevolles und kindgerechtes Design
- Abwechslungsreiche Schwungübungen sind mit Bildmotiven verknüpft
- Allmähliche Steigerung des Schwierigkeitsgrades
- Förderung der Feinmotorik, Konzentration und Augen-Hand-Koordination
- Großformat und über 100 Seiten an Schwungübungen
- Ideales Geschenk für Kinder

Vorschule Übungshefte ab 5

für Jungen und Mädchen
Der umfangreiche 3 in 1 Vorschulblock
Schwungübungen, Zahlen und Buchstaben
spielend leicht und mit Freude erlernen

Von Julia Schneiderfeld

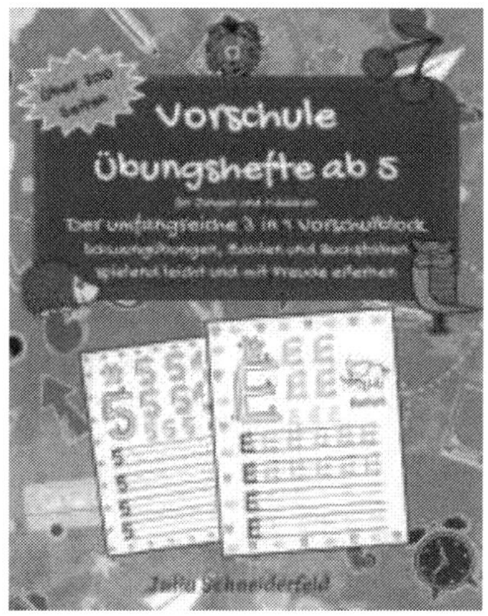

- Einzigartiges, liebevolles und kindgerechtes Design
- Lerninhalt ist immer mit passenden Bildmotiven verknüpft
- Allmähliche Steigerung des Schwierigkeitsgrades: Schwungübungen, Zahlen und Buchstaben Aa-Zz
- Mit Umlauten Ää, Öö, Üü, ß
- Förderung der Feinmotorik, Konzentration und Augen-Hand-Koordination
- Großformat und über 200 Seiten
- Ideales Geschenk für Vorschulkinder und Schulanfänger

Urheberrecht

Haftungsausschluss

Die Umsetzung aller enthaltenen Informationen, Anleitungen und Strategien dieses Werkes erfolgt auf eigenes Risiko. Für etwaige Schäden jeglicher Art kann der Autor aus keinem Rechtsgrund eine Haftung übernehmen. Für Schäden materieller oder ideeller Art, die durch die Nutzung oder Nichtnutzung der Informationen bzw. durch die Nutzung fehlerhafter und/oder unvollständiger Informationen verursacht wurden, sind Haftungsansprüche gegen den Autor grundsätzlich ausgeschlossen. Ausgeschlossen sind daher auch jegliche Rechts- und Schadensersatzansprüche. Dieses Werk wurde mit größter Sorgfalt nach bestem Wissen und Gewissen erarbeitet und niedergeschrieben. Für die Aktualität, Vollständigkeit und Qualität der Informationen übernimmt der Autor jedoch keinerlei Gewähr. Auch können Druckfehler und Falschinformationen nicht vollständig ausgeschlossen werden. Für fehlerhafte Angaben vom Autor kann keine juristische Verantwortung sowie Haftung in irgendeiner Form übernommen werden.

Impressum

2. Auflage 2022
Coverbilder Vorderseite: Depositphotos

Anna Herzmaier wird durch Theresa Heinke vertreten.
Kontakt: Theresa Heinke/ Hammermühlstr. 23/ 92277 Hohenburg

Bei Fragen oder Anregungen melden Sie sich gerne bei:

theresa.heinke@gmx.net

Printed by Amazon Italia Logistica S.r.l.
Torrazza Piemonte (TO), Italy

35855701R00080